AUBADE,

OU
LETTRES APOLOGÉTIQUES ET CRITIQUES

A

MM. GEOFFROY ET MONGIN,

Dans lesquelles on voit l'inconvenance des Diatribes de l'un, la fausseté de l'Idéologie de tous deux, et la nécessité des principes établis dans la Nouvelle Théorie des Êtres, pour résoudre avec succès et par la raison seule, toutes les difficultés des philosophes contre l'existence de l'ame, sa spiritualité, sa liberté, son immortalité et les différences graduées de ses éternelles destinées.

Par L'Auteur de la Nouvelle Théorie des Êtres ici annexée.

Cantavimus vobis tibiis, et non saltastis.
Lucæ, VII, 32.

PRIX : 1 franc 25 centimes.

A COMMERCY,
Chez DENIS, Imprimeur-Libraire.

PRÉFACE.

CE n'est pas pour tourmenter M. Geoffroy, journaliste estimable, qui écrit contre la philosophie dans les mêmes vues que moi; ni pour condamner le savant M. Mongin, auteur de la nouvelle philosophie élémentaire imprimée à Nancy, dont je crois les intentions très-pures, que je vais, dans cette brochure, à travers toutes leurs contradictions polémiques. J'écris d'après le zèle que m'inspire la plus belle de nos espérances, et dans la persuasion où je suis, que la gloire de l'homme et les intérêts de la religion ne peuvent être mieux soutenus que par le système des modes substantiels ou idées innées et consubstantielles à notre ame, que ces deux écrivains combattent.

Ce système est celui des anciens;

et les anciens n'avaient pas, comme nous, la manie de chercher par-tout des pensées prétendues neuves, parce qu'ils savaient que la plûpart de ces pensées sont aux ouvrages d'esprit, ce que sont les nouveautés aux empires, c'est-à-dire, une cause de bouleversement. Je cherche la vérité de bonne foi; et, sans être aussi profond que Mallebranche ni aussi sublime que Léibnitz, j'ai l'espérance de pouvoir substituer aux séduisantes ténèbres de l'idéologie moderne, l'éclat naturel de l'ancienne vérité, mieux connue et mieux appréciée, à la faveur du nouveau jour sous lequel je la présente.

On verra, dans ces lettres. que les principes constitutifs des êtres ont fait le désespoir des philosophes anciens et modernes; mais que, si on peut regarder les atomes, avec leurs trois propriétés de tangibles, mobiles et indivisibles, comme les principes matériels des corps, et la gravité, l'électricité et le magnétisme, comme leurs principes formels; c'est avec le même avantage qu'on regarde les sensations qui lient les ames aux corps, dans les bêtes comme dans les hommes, et les .dées et les sentimens qui distinguent si avantageusement l'ame de l'homme, comme les principes phisiques des esprits, et la sensibilité, la raison et la liberté, comme leurs principes formels. C'est ce que nous allons examiner dans les lettres suivantes, en les faisant suivre par la *Nouvelle Théorie des Êtres* à laquelle elles se rapportent.

J'avertis ici que j'adresse la plûpart de ces Lettres à M. Geoffroy; parce que, comme Rédacteur en chef du Journal des Débats, il est responsable de tout ce que ses enfans perdus peuvent y fournir.

1.º On convient des principes pour s'entendre; on ne les démontre pas.

2.º Toute substance est simple, unique, indivisible, soit qu'elle soit matérielle, soit qu'elle soit spirituelle, parce qu'il n'est point de demi-substance.

3.º Tout corps est divisible, parce qu'il est composé d'atômes contigus, et étendus l'un hors de l'autre.

4.º Tout esprit est indivisible, parce qu'il est formé d'entités qui sont l'une dans l'autre, et il est intangible, parce qu'il ne remplit aucun lieu, quoiqu'il existe dans un espace quelconque.

AUBADE,

OU

LETTRES APOLOGÉTIQUES ET CRITIQUES.

LETTRE PREMIÈRE,
A M.ʳ GEOFFROY.

Sur l'obligation de répondre aux lettres.

Dormez-vous, M. G., ou bien faites-vous le mort ? Quoi ! après deux lettres particulières, en réponse à votre aimable diatribe du 13 fructidor dernier, vous pouvez encore garder le silence ? Avez-vous donc peur d'entrer en lice avec un vieil ex-principal de collége, vous qui craignez ordinairement si peu de mordre à droite et à gauche, avec raison et sans raison ? Si cela est, M. G., vous êtes aujourd'hui bien modeste, ou bien timide ; mais trève de complimens, l'honnêteté vous prescrivait une réponse.

Je l'attends, M., cette réponse, avec

empressement et je la provoque, *cantavi-mus vobis tibiis*; mais je doute qu'elle soit bien satisfaisante pour moi, soit parce que vous ne répondrez pas au pied de la lettre à tous mes argumens, soit parce que, peut-être, dans votre noble colère, vous n'en finirez plus pour les calembourgs. et que, selon votre usage, vous reviendrez à moi aussi souvent qu'un pauvre à la porte d'un riche.... Je suis, etc.

LETTRE II.ᶜ AU MÊME.

Sur l'obligation de mettre son nom à ses ouvrages.

Si on passe à un écrivain modeste qui invente, de cacher son nom, parce qu'il n'est pas sûr d'avoir trouvé le vrai, doit-on être aussi indulgent pour celui qui attaque, et qui doit être sûr de son fait ? Dans une guerre régulière, on se montre brave, on marche à découvert, on combat corps à corps, et si on est assez généreux pour faire grace de la vie à son ennemi, on ne s'avise jamais de l'insulter. Pourquoi donc, M. G., prenez-vous un

(3)

masque dans l'alphabet, pour me dire
impunément des sottises anonymes?

Je le vois, M. le journaliste, j'ai eu
tort de ne pas capter votre bienveillance
par une lettre pleine de politesse et de
soumission ; le bien que vous auriez dit
de mes ouvrages, leur aurait donné la
plus grande vogue ; mes libraires se seraient enrichis ; et moi, en entassant les
lauriers pour ma part, je me serais éni-
vré de gloire et d'applaudissemens. . . . .
Je suis, etc.

LETTRE IIIe AU MÊME.
Sur l'arme du ridicule.

Pourquoi, M. G., vous qui êtes ordinairement si conséquent dans votre con-
duite, ridiculisez - vous, avec tant de
plaisir, des ouvrages faits dans les mêmes
vues que les vôtres ? Est - il naturel de
battre ses frères d'armes, dans le tems
même qu'ils se joignent à vous contre
l'ennemi commun ? Ne dirait-on pas à en
juger par vos procédés, que vous avez besoin, comme les habitans d'Alger et Tunis,

de faire la guerre pour vivre ; ou que, comme le philosophe Rousseau , vous ne prenez la peine d'écrire , que pour remplir le monde du bruit de vos talens et de votre personne ? N'est-il donc pour vous de richesse agréable que celle que donne la dévastation, ni d'autre distinction flatteuse que celle que provoque la vaine gloire ? On ne doit , je pense , employer l'arme du ridicule que quand on a épuisé tous les argumens de raison.

Que gagnent les écrivains , en se déchirant les uns les autres ? Ils avilissent une profession qu'il ne tenait qu'à eux de rendre respectable. Faut-il donc que des gens d'esprit deviennent , par leurs querelles les jouets des sots , et les bouffons du public , dont ils devraient être les maîtres ? . . . . Je suis , etc.

LETTRE IVe AU MÊME.

Sur la précision des ouvrages.

Vous ne voulez pas , M. G. , que je refute en 30 pages, Condillac et Voltaire ; mais en faut-il davantage pour

rappeler à la vérité, deux écrivains té-
méraires , dont vous écrasez quelquefois
l'un d'eux, (Voltaire j'entends) comme
un autre Hercule, d'un seul coup de votre massue ? Il est étonnant qu'un reproche
de cette nature puisse sortir de la bouche
d'un savant recommandable par ses connaissances et son bon goût. Rappelez-
vous, M. G., puisque vous l'avez ou-
blié , que les ouvrages formés de résultats ne peuvent jamais être longs ; qu'ils
sont toujours aux autres écrits ce qu'est
l'or à l'égard des autres métaux, un
signe plus portatif ; que jamais Tacite
ne noya ses pensées dans un déluge de
paroles ; et que Nicole et Pascal don-
naient souvent pour excuse de la longueur de leurs lettres, qu'ils n'avaient
pas eu le tems de les faire plus courtes ;
que .... Je suis , etc.

LETTRE V^e. AU MÊME.

Sur les ouvrages qu'il faut réfuter.

Vous voulez , M. G. , que je me con-
tente de rire de la métaphisique de Con-

dillac. Cela pourrait suffire, sans doute, si cette métaphisique n'était qu'absurde; mais, je le dis avec peine, elle est dangereuse; elle tend à faire penser la matière.

Je sais bien, M. G., que vous n'êtes pas Pyrrhonien comme Ciceron, ni Athée comme Lucrèce, et que vous n'avez pas l'intention, comme Collins, Tolland et Voltaire, d'attaquer la religion, puisque vous la défendez si bien dans toutes les occasions ; mais ne craignez-vous pas de lui faire quelque tort, en adoptant si légèrement le système dangereux de Condillac sur la nature de nos facultés? Oseriez-vous dire avec lui, par exemple, que nos organes sont les matrices de nos idées, et qu'on peut admettre l'hypothèse d'une statue qui parvient insensiblement à sentir et à penser par ses seuls organes ? Si la pensée peut sortir de nos organes, c'est la matière qui pense ; si la matière pense, c'est en raison directe de sa masse ; et si la matière pense en raison directe de sa masse, la terre pense moins que le soleil, Mongin moins qu'un bœuf, et vous, M. G., moins sans doute qu'une baleine.

Ne m'accusez point ici de rancune : une preuve de mon impartialité M., c'est que je cite ici, avec plaisir, un argument de votre goût, sans doute, puisqu'il est puisé dans un de vos mercures de cette année : *la nature, selon les philosophes, y est-il dit, n'est que matière et mouvement ; donc où ces deux choses se trouvent abondamment, c'est la nature dans sa perfection ; or, dans un crime quelconque, dans un assassinat, par exemple, il y a éminamment ces deux choses, mouvement et matière ; donc l'assassin qui a plus de mouvement, est plus parfait, dans la nanature, que l'honnête homme qui en a moins ; donc le crime est plus parfait que la vertu, etc.* Voilà un bon argument sans doute, *ex absurdo* ; mais il n'est pas tiré du système de Condillac. Je suis, etc.

LETTRE VIe AU MÊME.
Sur les Citations.

Vous trouvez mauvais, M. G., que

je renvoie souvent mes lecteurs aux différentes brochures où j'ai traité les mêmes matières dont je parle dans la *Nouvelle Théorie des Êtres*; mais n'eut-il pas été bien fastidieux de répéter ce que j'avais déjà dit ? Et si j'ai eu quelquefois l'arrière pensée de faire acheter mes différens ouvrages, comme vous le supposez, est-ce là, après tout, un *crime et si noir et si grand ?* Que ne m'accusiez-vous plutôt d'avoir cherché à faire parler de moi ? Peut-être vous aurait-on cru : il est si aisé de croire l'homme vain, et même de l'être ! Chacun se dit si aisément : *quam pulchrum est digito monstrari, et dicier : hic est ! Il est si beau qu'on dise de nous, en nous montrant : c'est lui, le voilà !* Mais, sans doute, il n'entre pas dans vos sentimens de faire un mensonge, fut-il le plus beau, le plus utile possible....

Je suis, etc.

LETTRE VIIe AU MÊME.

Sur le Plagiat.

Vous avez l'air, M. G., d'attendre de ma part l'aveu d'un plagiat ; vous me

faites comprendre, dans votre belle notice, que j'ai emprunté de vous la triple
explication du mot *nature ;* mais ce fait
que je n'ai garde de nier, parce qu'il as-
simile mon goût au vôtre, ce qui me
flatte, est-il bien réellement un vol ? On
prend du feu chez son voisin, on s'en
chauffe, on en chauffe les autres, et il
appartient à tous, pourvu qu'on n'en em-
porte pas le foyer. En m'élevant à votre
hauteur, j'ai vu, comme vous, M., et
cela vous appartient ; mais monté sur
vos épaules , j'ai vu plus loin que vous ;
et ceci ne vous appartient plus.

J'ai été plus généreux que vous, M. G. ;
on a inséré presque tout entier, mon
Anti-Condillac, dans l'encyclopédie reli-
gieuse, sans qu'on m'en ait prévenu, et
même sans me citer, et bien loin de
l'avoir trouvé mauvais, puisque cela
m'honorait, j'ai livré au rédacteur de cet
ouvrage, le manuscrit de cette même
Théorie que vous avez critiquée si amèrement, pour être imprimé aussi dans
son 7.ᵉ tome; ce qui a été fait, comme vous
pouvez le voir vous-même... Je suis, etc.

LETTRE VIIIe AU MÊME.

Sur les Épithètes honorifiques.

Pourquoi, M. G., reprochez-vous les épithètes que je donne à Condillac et à Voltaire, et même celles que je ne leur donne pas? Peut-on nommer les personnes autrement que par leurs noms? Si quelquefois je ne monsieurise pas ceux que je cite, c'est que cette omission qui honore quelquefois les vivans, ne déshonore jamais les morts; c'est qu'on ne dit pas plus de notre Empereur qui vit, Mr Bonaparte, que d'Alexandre le Grand qui est mort, Mr Alexandre. Les grands noms se suffisent toujours à eux-mêmes. Au reste, M. G., vous pouviez bien vous dispenser d'être si grand dans de si petites choses, et.... Je suis, etc.

LETTRE IXe AU MÊME.

Sur l'utilité du système des modes substantiels, pour prouver l'existence et la spiritualité de l'ame.

Vous ne voulez pas, M. G., du sys-

tème des modes substantiels ; cependant
rien de plus honorable pour l'homme , ni
de plus favorable à nos espérances reli-
gieuses. Le philosophe ne veut - il pas
distinguer l'ame du corps ? Je lui dis tout
simplement qu'une ame est nécessaire à
tout être corporel , qui a la faculté loco-
motive, et que , sans cette ame , cette
faculté n'existerait pas , ou existerait inutilement, puisqu'il n'y aurait dans l'animal aucun principe qui put le diriger,
pour chercher et discerner la nourriture
qui lui convient.

Je lui dis que les sensations qui forment toutes les ames animales , et les
idées et les sentimens qui distinguent si
avantageusement celle de l'homme , ne
peuvent appartenir qu'à des esprits , puisque la matière est insensible par elle-
même , et que d'ailleurs les organes corporels deviendraient inutiles , s'il n'y avait
en nous des ames auxquelles leurs fonctions se rapportassent.

Je lui dis que nos sensations et nos
idées ne viennent pas des objets exté-

rieurs ; qu'à la vérité ces objets se peignent dans nos yeux , comme dans un miroir ; mais que cette peinture serait morte , s'il n'y avait dans nos ames , ni sensations , ni idées , au moins indeveloppées de ces objets ; que ce n'est pas l'œil qui voit en nous ,ni le cerveau qui pense , mais l'ame , et que c'est d'après cette vérité que Descartes disait : *je pense : donc je suis.* Bernardin-St.-Pierre ne demande , il est vrai , que des sensations pour être sûr de son existence ; mais ce philosophe se trompe évidemment , car la bête qui sent , loin d'en conclure qu'elle existe , ne sait pas même qu'elle sent.

Je lui dis que les élémens qui constituent nos ames , sont intangibles , et par-conséquent étrangers à la matière ; que nos organes , par leur exercice , ne font pas plus nos sensations et nos idées , que le briquet , par la friction , ne fait les étincelles du feu qu'il tire du caillou ; et que , si nous rapportons le plaisir et la douleur , élémens intangibles , à nos organes qui sont tangibles et insensibles par eux-mêmes, c'est qu'il le fallait ainsi pour la sûreté de notre existence et de notre conservation.

Je lui dis qu'il n'est pas nécessaire que toute existence soit étendue, et qu'inétendu pour les esprits veut dire spirituel, comme indivisible pour l'atome, signifie simple, unique.

Je lui dis enfin, que tout corps étant composé d'atomes matériels, multiples et inerts, aucun ne pourrait être le principe des facultés actives des êtres qui ont la conscience de leur existence, puisque toute conscience est toujours spirituelle, unique, intangible. Je suis, etc.

LETTRE X.ᵉ AU MÊME.

Sur la nature de l'ame et la Consubstantialité de ses facultés.

D'après les raisons que je vous ai exposées, M. G., pouvez-vous trouver mauvais que je forme les esprits de l'ensemble de leurs attributs? Peut-on, sans ces attributs, s'en former une idée? Comme il ne reste rien de l'idée du corps, si on en retranche l'étendue en longueur, largeur et profondeur; de même, il ne reste rien de celle de l'ame. si on la dépouille de ses facultés sensibles, intellectuelles et sentimentales.

Pourquoi ne voulez-vous pas que nos sensations soient consubstantielles à l'ame? Pourrions-nous, sans elles, distinguer les corps? Qu'arriverait-il, si chaque ame animale n'avait pas ce principe intérieur de direction, qui porte tous les individus vers les objets de leurs besoins, et les éloigne de ceux qui leur sont nuisibles? Elle irait au hasard heurter ou briser son corps, contre le premier objet qui se présenterait. Sans nos sensations indéveloppées, nous ne serions pas sensibles; et sans celles qui se développent tous les jours, nous ne serions jamais sentants.

Pourquoi nos idées ne seraient-elles pas aussi des é'émens consubstantiels à nos ames? Dieu qui est le prototype incréé de tous les êtres existans et possibles; Dieu qui ne peut être sans idées, puisqu'il conçoit tout éternellement, n'a-t-il pas tracé son image dans tous les êtres intelligens; et cette image ne se trouvet-elle pas, dans chaque ame, dans la mesure qui lui convient? Nos idées développées ou indéveloppées sont autant les modes substantiels de l'ame, que les atomes visibles ou non visibles sont les modes substantiels du corps.

Si cela n'était pas ainsi, M. G., quelles connaissances pourrions-nous acquérir? L'idée d'un objet est toujours prérequise pour connaître cet objet.

Si cela n'était pas ainsi, il pourrait y avoir de l'erreur dans nos idées, comme il y en a si souvent dans nos jugemens; parce que c'est nous qui ferions nos idées, comme nous faisons nos jugemens.

Si cela n'était pas ainsi, nous ne serions pas intelligens, puisque nous n'aurions point d'idées, et nous ne serions pas intelligibles, puisque nous n'aurions point d'essence. Notre corps ne marche pas sans les atomes qui le composent; comment notre ame agirait-elle sans les élémens qui la constituent?

Inutilement, M. G., m'objectez-vous, dans votre notice, qu'en formant nos ames des mêmes idées, elles peuvent se confondre entr'elles. Les nombreux écus que vous valent vos nombreux contes pour rire, viennent-ils se confondre avec le petit nombre des miens, parce qu'ils sont composés de la même matière que les miens ? Similitude n'est pas identité. Dieu réside en vous, en moi, et dans toute créature, parce qu'il a départi à chaque espèce créée plus ou moins de ses attributs infinis. Il faut donc, M. G., malgré votre répugnance à me ressembler, que vous reconnaissiez dans votre ame celles de vos frères.

Vous ne voulez pas non plus, M. G., de l'assemblage de nos sentimens pour former notre ame; mais qu'est-ce donc, si cela n'est pas, qui peut lui servir de pieds et de mains pour aller à son but ? N'est-ce pas par des sentimens d'amour ou de haine, que nous nous conduisons à l'égard de tous les objets dont nous avons une fois développé les sensations ou les idées ? Nos sentimens seraient-ils aussi invariables qu'ils le sont, s'ils n'étaient pas des élémens sortis immédiatement de la main de Dieu ? Ils sont si incorruptibles dans tous les hommes, ces sentimens, que nos passions les plus fortes ne sauraient en effacer les traces, ni en altérer la nature; et personne n'a jamais dit ou cru sérieusement, par exemple, qu'il ne faut pas faire à autrui ce que nous voudrions qu'on nous fit, etc.

Voici encore, M. G., une preuve plus générale de la consubstantialité de nos facultés avec l'ame : tout ce qui, dans un être, n'est pas action ou acte, est nécessairement l'être lui-même, ou un de ses modes substantiels; or, les sensations, les idées et les sentimens qui fondent nos facultés, ne sont ni des actes, ni des actions de l'ame, puisqu'il ne dépend pas de nous de les avoir, ou de ne les avoir pas; donc, etc.

Vous ne concevez pas, dites-vous, l'ensemble de nos facultés; mais concevez-vous mieux l'infini des espaces, que vous admettez, je crois, sans résistance? Il est tant de vérités qu'on ne peut que sentir! On définit les principes pour s'entendre, comme je l'ai dit, on ne les démontre pas.

M'objectez-vous, avec quelques-uns, qu'en formant l'ame de plusieurs élémens, je la rends corporelle et divisible? Je réponds que les élémens de l'ame ne sont pas consubstantiels à la matière, comme l'avait rêvé Spinosa, mais qu'ils sont indivisibles, inséparables, intangibles, parce qu'ils sont l'un dans l'autre, et qu'ils n'occupent point de place; au lieu que les élémens des corps, quoiqu'indivisibles comme atomes, sont toujours divisibles dans leur assemblage, parce qu'étant l'un hors de l'autre, ils sont toujours tangibles, et remplissent une place quelconque d'où l'on peut les faire sortir.

Si vous m'objectez, avec d'autres, que l'ame est une pensée continuelle, je réponds que l'ame ne pense pas toujours; que souvent elle ne fait que sentir; et que le plus profond penseur, fatigué de ses méditations, finit souvent par une stupeur qui paraît suspendre toutes les fonctions de l'ame, mais qui cependant est une sensation.

Ainsi, M. G., je crois qu'en dernière analyse, l'ame peut être regardée comme l'assemblage de ses sensations, parce que

ce

ce sont ses sensations qui la lient au corps qu'elle est destinée à conduire ; qu'elle est l'assemblage de ses idées, parce que ce sont ses idées qui lui font concevoir les objets qu'elle est destinée à connaître ; et qu'elle est l'assemblage de ses sentimens, parce que c'est par ses sentimens qu'elle juge, ou peut juger des objets bons ou mauvais, dont sa liberté l'a destine à faire choix.

Le respectable et savant M. Fontenai, rédacteur du journal général de littérature, des sciences et arts, ne s'offensait pas, comme vous, M., de l'assemblage que vous me reprochez si amèrement ; car, en rendant compte de mon Anti-Condillac, où j'établis le même systême, il ne craint pas de dire, (20 fructidor, an 9, n.° 23) : *L'auteur de cette brochure acheve de porter le dernier coup à Condillac.... Et si les idéologues qu'il combat sont de bonne foi, il leur sera bien difficile de répondre aux raisonnemens qu'il fait très-clairs, très-serrés, et l'on peut dire, très-convaincans.* Je suis, etc.

LETTRE XI.ᵉ AU MÊME.

*Sur les prétendues sensations et pensées
de la matière.*

Qu'ils raisonnent mal, M. G., ceux qui, peu sensibles à tous les raisonnemens dont je vous ai fait part, ne craignent pas d'assurer que la matière organisée peut sentir ! Je conçois bien que les différens développemens des sensations peuvent être attachés directement et indirectement, à l'organisme naturel ou artificiel de la matière, mais les sensations elles-mêmes n'en viennent pas. Les sons ne sont proprement des sensations que pour les ames, ils ne sont pour nos oreilles, comme pour le violon, qu'un mouvement modifié de l'air, dont ces deux corps n'ont pas la conscience.

Bien moins, doit-on croire que la matière organisée soit capable de penser, puisqu'elle ne peut pas même sentir. Et M. Wagner, philosophe allemand, se trompe lourdement, quand il ose dire, dans un livre intitulé : *la nature des choses*, et publié depuis peu à Leipsick, non-seulement que les sons de l'homme et de l'animal ne sont que des capacités différentes d'oxidation , qui ont leur polarité particulière ; mais que la faculté de pen er n'est elle-même qu'un organisme qui est précisément à celui du sentiment, comme celui-ci est à la végétation animale. Quel système! Avait-il donc démontré à *Priori*, ce profond penseur, les phénomènes de la physique et de la chimie, pour avancer, avec tant de confiance, de si étranges paradoxes ? Je comprends bien , avec lui , que les abeilles construisent des alvéoles à six côtés , et que le salpêtre se crystalise en polièdres à six faces ; mais cela prouve-t il qu'il y ait deux pôles dans les sens électriques du goût et de l'odorat , comme il le prétend ? La raison s'empare - t - elle de l'imagination , comme l'oxigène de la base acidifiable , comme il le veut encore ? J'aimerais autant qu'il soutint qu'en appliquant l'appareil électrique au centre du cerveau , on exciterait en nous , des idées opposées , à celles que provoquerait l'appareil de Volta.

M. Wagner , comme tant d'autres phi

losophes , a trop consulté la physique dont
le flambeau ne pouvait l'éclairer sur les
objets spirituels. Il a développé la raison
humaine , comme un anatomiste explique
les ressorts des corps ; or , par de tels
procédés , on réduit nécessairement l'ame
à n'être plus qu'une machine; et c'est ,
sans doute , ce que voulait M. Wagner.
Je suis , etc.

LETTRE XIIe AU MÊME.

Sur les images de la Trinité et de l'Incar-
nation trouvées dans notre ame.

Vous n'aimez pas , M. G. , que je voye
dans notre ame , les images de la trinité
et de l'incarnation ; mais ne les ai-je pas
assez bien montrées ces images dans la
nouvelle Théorie des Êtres ? Nos trois facultés sensibles , intellectuelles et sentimentales ne représentent-t-elles pas bien
les trois personnes de la Ste.-Trinité ?
et notre ame par son union physico-spi-
rituelle avec son corps , ne figure-t-elle
pas aussi l'union du verbe divin avec la
nature humaine, dans la personne de J. C. ?
Tout cela peut-il être difficile à croire

pour quiconque est persuadé que notre ame est tout ce qu'elle sent, tout ce qu'elle conçoit et tout ce qu'elle veut? *Tua mens est omnia quæque sentis, cognoscis, vel benè, vel malè vis.*

Au reste, M. Geoffroy, puisque, en parlant de mon opinion dans votre notice, vous témoignez quelque desir de vous en occuper, je vous y engage beaucoup, et j'ose espérer qu'un juge aussi éclairé que vous, voudra bien suppléer, dans mon ouvrage, tout ce que j'ai pu y omett.e de vérités et de goût. Je suis, etc.

LETTRE XIII.ᵉ AU MÊME.
Sur la liberté de notre Ame.

Le système des modes substantiels sert aussi merveilleusement à montrer que nous sommes libres. L'incrédule me demande-t-il, sur quoi je fonde notre liberté? Je la lui montre aussitôt dans l'assemblage de nos facultés. Par nos sensations, lui dis-je, nous sentons les objets, et nous les voyons; par nos idées, nous en concevons l'essence et les rapports; et par nos sentimens, nous nous en approchons ou nous nous en éloi-

gnons , selon l'intérêt que nous y mettons.
Telle est la marche de l'ame , chaque
fois qu'elle développe ses facultés.

Inutilement l'incrédule dirait que nous
sommes forcés de suivre nos lumières ;
car , malgré les sensations qui nous en-
traînent aveuglément , et malgré les idées
qui nous éclairent quelquefois plus que
nous ne voudrions , nous ne nous déter-
minons jamais , dans nos jugemens pra-
tiques , que pour les objets que nous pré-
férons : *Video meliora , proboque , dete-
riora sequor.* Si l'homme n'était pas libre ,
il ne serait pas plus louable pour ses
vertus , que punissable pour ses crimes ;
il ne serait qu'un automate soumis à une
aveugle nécessité.

Inutilement il dirait que la liberté ne
consiste que dans l'activité que l'ame em-
ploye , au gré de ses desirs , à mouvoir
les organes des sens ; car si cela était ,
un goutteux qui ne saurait marcher , serait moins libre que son chien ; ce qui
est faux , puisque le choix d'un goutteux est toujours l'action éclairée d'un
être intelligent , et que celui de son chien

n'est jamais que l'acte spontané, aveugle et indélibéré d'un être purement sensible. Je suis, etc.

LETTRE XIV.ᵉ AU MÊME.

Sur l'étendue des développemens des facultés de l'Ame.

Il est aisé, M. G., dans mon système, d'assigner l'étendue des différens développemens de nos facultés. Après avoir dit qu'en Dieu tout est éternellement développé, parce que tout est présent à la fois pour lui, il suffit de remarquer qu'en nous, ici bas, rien ne se développe que successivement, parce que l'ame gênée plus qu'aidée par les organes d'un corps qui l'appésantit, ne saurait se voir toute entière elle-même; mais qu'après la mort, dégagée de ses liens corruptibles, elle se verra entière et telle qu'elle est, parce qu'étant le tableau créé de Dieu et de l'univers, rien n'empêchera alors que ses facultés agréables, dans les bons, et ses facultés désagréables, dans méchans, ne se développent entièrement et pour toujours. Je suis, etc.

Lettre XVe au même.

Sur les caractères qui distinguent l'homme de la bête.

Il est des idéologues qui croyent que l'homme ne diffère des bêtes que du plus au moins. Vous ne voulez pas, sans doute, comme eux, M. G., nous faire manger du foin. Si l'homme ressemble aux bêtes, par les sensations qu'il a en commun avec elles, combien n'en diffère-t-il pas par les idées et les sentimens qu'il a, et que les bêtes n'ont pas? Les bêtes ont-elles, comme nous, la liberté que donne la lumière des idées? Est-ce par un choix éclairé qu'elles donnent la préférence aux sensations qui leur sont plus agréables? Non; elles ne font que suivre aveuglément leur instinct, et elles comparent si peu leurs sensations, qu'elles ne savent même pas qu'elles en ont. La bête voit; mais elle ne juge pas plus qu'elle voit, que l'œil en nous ne juge qu'il voit. Et ce qui le prouve, c'est que ses actions sont toujours les mêmes, à moins que l'homme ne fasse prendre une nouvelle route à son instinct.

S'il n'y avait entre nous et les bêtes, qu'une différence du plus au moins, il y aurait donc, pour les bêtes, des demi-idées, des quarts d'idées, des demi-sentimens, des quarts de sentimens; et, par conséquent, une demi-immortalité à espérer, un quart d'immortalité; une demi-peine à craindre, un quart de peine; une demi-récompense à attendre, un quart de récompense, selon l'usage bon ou mauvais qu'elles auraient fait de leur part de liberté. *Risum teneatis amici !*

J'ajoute, M. G., qu'en accordant aux bêtes, moitié ou quart de vos talens, elles pourraient prétendre à la moitié ou au quart de votre gloire. J'ajoute que si quelque rossignol d'Arcadie venait à commenter, parodier ou critiquer mes lettres, avec un sixième seulement de la finesse de goût que vous avez montrée dans votre notice, il pourrait porter la gloire ou la honte de notre querelle, d'un bout du monde à l'autre, par la force de cette voix graduellement vigoureuse, qui le dis-

tingue de tous les autres animaux , quand
il s'avise de se faire entendre. Je suis , etc.

LETTRE XVIe AU MÊME.

*Sur la mémoire , le langage et les passions
des bêtes.*

Si nos idéologues modernes me disent
que la mémoire des bêtes prouve qu'elles
ont des idées , ne croyez pas , M. G. , que
cela m'embarasse ; je réponds tout simplement que la mémoire des bêtes n'est
que la mémoire des sensations ; et que si
les bêtes avaient celle des idées , elles seraient intelligentes comme nous ; elles
perfectionneraient leurs ouvrages comme
nous , et pourraient parvenir à égaler
quelquefois nos grands hommes.

Si nos idéologues veulent que le langage des bêtes exprime des idées ; je réponds que , pour exprimer des idées , il
faut attacher un sens à des mots , et qu'on
ne voit pas quel est le sens qu'on pourrait attacher à leurs sons inarticulés ; je
réponds que le langage des bêtes n'est que
l'annonce du besoin phisique , et que s'il
y a quelquefois , dans leurs actions , quel-

qu'apparence de combinaison, cette apparence n'est que le produit de la sensibilité phisique, c'est-à-dire, de cet instinct
inné, qui porte tous les êtres, plus ou
moins directement, vers les objets de
leurs besoins. Je réponds que si les bêtes
avaient des idées, elles se feraient une
langue, comme nous; et que, si elles
devaient avoir des idées, elles seraient or-
ganisées pour parler, comme nous; qu'elles
connaîtraient leur créateur, et qu'elle feraient, comme nous, des assemblées reli-
gieuses pour l'adorer.

Enfin, si nos philosophes veulent voir
l'annonce des idées dans les passions des
bêtes, je réponds que leurs passions sont
aveugles, et qu'elles ne sont mises en jeu
que par l'instinct qui les porte vers les
objets ou les en éloigne; par une déter-
mination aussi aveugle et aussi indélibérée
que celle qui nous porte à nous jeter à
droite, quand nous sommes prêts de tomber à gauche. Je suis, etc.

LETTRE XVIIe AU MÊME.

Sur la question du bonheur ou du malheur
des bêtes.

Cette question, M. G., ne devrait pas
en être une; dans le système des modes
substantiels, elle est des plus faciles à
résoudre. L'ame des bêtes n'étant formée
que de sensations, n'est capable, en aucun tems, de concevoir ni d'apprécier le
bonheur ou le malheur; car, pour concevoir, il faut des idées; et pour apprécier,
il faut des sentimens. Or, un être qui n'a
que des sensations, peut bien sentir le
phisique du bonheur ou du malheur,
parce que les sensations sont faites pour
diriger le corps qui est phisique; mais il
ne peut ni concevoir ni sentir le moral des
objets, parce qu'il n'a ni les idées, ni les
sentimens nécessaires pour cela; d'où il
suit que la bête ne saurait être ni heu-
reuse, ni malheureuse. Je suis, etc.

LETTRE XVIIIe AU MÊME.

Sur l'immortalité de notre ame.

C'est par le même système des modes

substantiels, M. G., que je prouve que
notre ame est immortelle. Les sensations,
les idées et les sentimens qui la forment,
sont des élémens simples, intangibles,
l'un dans l'autre, indivisibles; or, tout
cela ne saurait s'allier avec la mort qui
suppose nécessairement la dissolution des
parties, et, par conséquent, l'extention
en tous sens. Donc, etc.

Inutilement on dirait que nos idées s'ef-
facent; car si les atomes simples et étendus qui forment nos corps, ne périssent
pas, pourquoi nos idées qui sont éternelles
en Dieu, périraient-elles dans les esprits
dont elles sont des élémens simples et iné-
tendus? Si l'athée me dit : je suis tiré du
néant; pourquoi n'y retournerai-je pas?
Ai-je gardé quelque mémoire de ce que
j'étais avant l'âge de raison? Ne dois-je
pas présumer que je finirai comme j'ai
commencé, par l'ignorance de moi? Je lui
réponds, avec Coriolis : «Avez-vous quelque souvenir de ce qui s'est passé en vous,
durant votre sommeil, quand votre sommeil ne s'est pas rendu sensible par des
songes? Avez-vous, dans ce sommeil pro-

fond, la conscience développée du *moi* ? Toute fois, en vous réveillant, vous sentez, vous pensez, et vous n'avez aucun doute sur votre existence pendant le sommeil d'où vous êtes sorti. „

Inutilement on dirait que nos sentimens ne prouvent pas plus la nécessité d'exister, que le désir des richesses ne prouve l'existence des richesses. Le désir des richesses n'est pas un sentiment de la nature, puisque les enfans n'y pensent pas, et que les hommes faits font quelquefois vœu de pauvreté ; au lieu que le désir de vivre toujours, est dans la nature, puisque personne, dans son bon sens, ne veut mourir.

Inutilement on dirait que nos sensations sont fugitives, et que celles des bêtes périssent entièrement. Si la sensation est fugitive, elle ne périt pas pour cela, elle s'enveloppe jusqu'au retour du besoin, et si, quoique spirituelle, elle périt à la mort des bêtes ; c'est parce qu'elle est seule en elles, et que, n'ayant été créée que pour le corps, elle devient inutile à la mort du corps de l'animal ; au lieu que la sensation, dans l'homme, est jointe aux idées qui lui font connaître Dieu, et aux sentimens qui le lui font aimer ; ce qui ne peut cesser à la mort du corps qui n'a aucune part à ces fontions.

Inutilement on dirait qu'il ne convient pas que tant d'ames animales s'anéantissent tous les jours, pour les besoins passagers de l'homme ; que l'ame d'un poulet, par exemple, qui est plus noble que tous les corps célestes ensemble, puisqu'elle est spirituelle, soit anéantie, afin que le corps de ce poulet nous serve de nourriture. Chacun sait qu'il n'est que l'être intelligent et libre, qui puisse raisonner les douceurs et les rigueurs de la vie animale ; chacun peut comprendre que les ames des bêtes n'étant formées que de sensations aveugles, ces ames ne peuvent être ni heureuses ni malheureuses, comme je l'ai déjà dit, puisqu'elles ne composent ni les biens, ni les maux physiques et moraux, et qu'elles ne savent pas même s'il en existe.

Inutilement on dirait que les facultés de toutes les ames s'anéantissent à la mort, comme l'harmonie d'un violon brisé ; car cette comparaison est fausse. Un violon a toujours besoin d'un agent extérieur pour être harmonique, et l'ame au contraire, n'a besoin que d'elle-même pour développer toutes ses facultés.

Je suis , etc.

LETTRE XIXe AU MÊME.

Sur les différences graduées des peines et des récompenses éternelles.

Vous savez, M. G., que selon l'écriture sainte, il est plusieurs degrés de récompense dans le ciel : *in domo patris mei mansiones multæ sunt ;* et qu'il est plusieurs degrés de peines en enfer, *quantum fuit in deliciis, tantum date in tormentis ;* or, comment expliquez-vous tout cela dans le système de Condillac ? Quelle récompense, quelle peine peuvent éprouver des ames humaines qui, dès la mort du corps, jusqu'à la résurrection, n'ont plus que d.s organes dissous ? Si alors les ames peuvent sentir et penser sans organes, que doit-on penser d'une dépendance absolue des organes, pendant la vie ? Comment, à la mort, proportionner les peines et les récompenses au mérite ou au démérite ?

Dans le système des modes substantiels, rien de plus facile à comprendre. Il suffit de graduer plus ou moins, pour les bons, les développemens de leurs facultés agréables, proportionnellement à leurs mérites; et de graduer de même, pour les méchans, proportionnellement à leurs crimes, les développemens de leurs facultés désagréables. Par là, on concevra aisément ce que c'est du paradis et de l'enfer, et il ne sera pas besoin de longues recherches, pour en désigner les lieux. L'homme vit par-tout dans l'immensité divine; partout il porte en lui-même, les idées et les images de Dieu et de l'univers; il ne peut donc manquer, s'il a été fidèle à l'ordre éternel, qui est Dieu, de développer toutes ses facultés agréables, dans la proportion de ses vertus; et s'il a été infidèle au même ordre, de développer ses facultés désagréables, dans la proportion de ses crimes.

Ainsi, M. G., le bonheur plus ou moins

grand des bons, consiste à se voir eux-mêmes, dans quelque lieu que ce soit, toujours plus ou moins conformes à l'ordre éternel, qui est Dieu; comme le malheur plus ou moins grand des méchans, consiste à se voir aussi par-tout, plus ou moins contraires au même ordre.

Je suis, etc.

Lettre XXe à M. MONGIN.

Sur les essences renfermées dans nos idées.

Voici votre part de l'Aubade, Mr Mongin : je vous ai envoyé un exemplaire de ma nouvelle Théorie des Êtres, avec une lettre honnête qui n'a pas été répondue. Il est bon de savoir ce que signifie votre silence, s'il indique le mépris que vous faites de mon système, ou la confiance fondée que le votre vous inspire : discutons.

Vous ne voulez pas, dans votre Philosophie élémentaire, que nos idées contiennent ou représentent les essences des choses ; mais sans ces millions de milliards d'entités spirituelles, élémens simples et indivisibles, qui, à mon avis, constituent tous les êtres intelligens , sans les composer , comment pourrions - nous raisonner ? Ne faut-il pas avoir de chaque objet une idée indéveloppée , pour pouvoir en raisonner , et une idée développée pour en raisonner en effet.

Vous croyez , avec Condillac , *que l'idée est une action de l'ame , et non sa nature ;* mais si nos idées étaient des actions , elles seraient nos jugemens , puisque , quand l'ame agit , elle juge ; or si nos idées étaient nos jugemens , elles pourraient être fausses , comme nos jugemens le sont si souvent ; et par là vous sentez qu'il n'y aurait plus aucune certitude pour nos connaissances.

C'est sans doute par une suite de cette erreur , M. Mongin , que vous dites page 119, 1.er vol. de votre Philosophie élémentaire , que *la vérité est une conformité , non aux choses telles qu'elles sont , mais aux idées telles que nous les avons , par des opérations régulières.* Je dis que c'est là une erreur , parce que nos idées sont toujours vraies et sûres , et n'ont pas besoin , comme nos jugemens , d'opérations régulières, pour être justes et conformes aux objets tels qu'ils sont, puisqu'elles sont toujours une représentation réelle des objets. Je suis, etc.

LETTRE XXIe AU MÊME.

Sur la nature de nos idées.

Vous vous trompez encore, M. Mongin, quand vous dites p. 44, *que nous n'avons souvent que des idées vagues et peu déterminées, que nous ne pouvons quelquefois ressaisir, parce qu'elles n'ont pas été claires dans la sensation.* Avez-vous bien prouvé que les idées prennent leur source dans la sensation, ou que la sensation, quoiqu'elle soit toujours aveugle, peut présenter des idées claires ?

Nous sommes quelquefois indécis, et obscurs dans nos jugemens, cela est vrai, et ce sont sans doute ces jugemens que vous appelez idées vagues et peu déterminées ; mais ce vague obscur ne vient pas de nos idées qui sont toujours claires, il vient de notre précipitation. Nous ne nous trompons jamais que parce que nous n'avons pas bien comparé nos idées, ou que nous avons pris des préventions dans une mauvaise éducation ; car nos idées elles - mêmes sont toujours lumineuses, même dans ceux qui, en mentant à leur conscience, en jugent contradictoirement.

Je suis, etc.

LETTRE XXII.º AU MÊME.

Sur les prétendues idées sensibles et physiques.

Vous voulez, M., p. 45, *que nous ayons des idées sensibles et physiques qui, par leur clarté, fournissent à l'esprit la matière d'une opération facile.* Mais qu'entendez-vous par idées physiques ? Des entités qui ont une existence réelle, sans être visibles aux yeux du corps ? Je vous les accorde volontiers ; elles constituent physiquement tous les êtres intelligens. Des entités qui sont des images corporelles que les yeux peuvent saisir ? Je ne saurais en convenir : de telles idées ne peuvent constituer des êtres qui n'ont point de formes corporelles et visibles.

Quant à vos idées sensibles, M. Mongin, vous deviez sentir vous - même

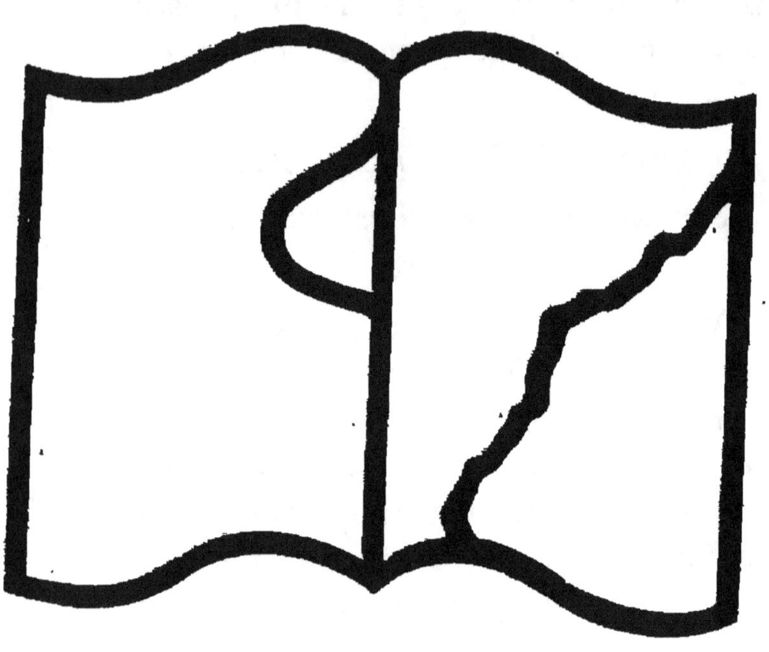

Texte détérioré — reliure défectueuse

NF Z 43-120-11

qu'elles sont une contradiction dans les termes. Car, où vous entendez par idées sensibles, des idées sensations, ou vous entendez des sensations idées ; or, dans ces deux sens, ces idées s'excluent mutuellement, car elles sont des entités différentes, puisque les sensations sont toujours aveugles de leur nature et les idées toujours claires. Si vous voulez dire peut-être, que le commencement d'une idée est la fin d'une sensation, ou la fin d'une sensation, le commencement d'une idée ; alors je trouve que vous ne ressemblez pas mal à cet écolier qui, jouant du fin, demandait à son maître si le bout du bâton était l'*ultimum esse* du bâton, ou son *primum non esse*... Je suis, etc.

LETTRE XXIIIe AU MÊME.

Sur l'origine de nos idées.

Pourquoi voulez-vous, M. Mongin, p. 100, *que nos idées ayent une origine accidentelle, que nous les fussions toutes, et que nous composions celle de Dieu, de tout ce que nous connaissons de plus parfait, en y ajoutant l'idée de l'infini ?* Les développemens de nos idées dentels sans doute, mais nos idées mêmes ne le sont pas; elles entrent toutes dans la formation de notre ame. Si nous composons nous-mêmes l'idée de Dieu, si nous la terminons par celle de l'infini, comme vous le dites, cette idée n'est-elle pas toute entière de notre création, et alors où est la certitude? Croyez plutôt, M. le professeur, et vous croirez juste, que vos prétendues idées ne sont que des jugemens, puisqu'elles sont des actions. Croyez que c'est Dieu qui fait tous les êtres et leurs attributs constitutifs, ou modes substantiels, et que l'homme, en se reportant sur lui-même, ne fait que mettre en œuvre les êtres physiques, et juger de leurs rapports.

Je ne veux pas dire cependant qu'en faisant Dieu l'auteur de nos idées, nous voyons tout en Dieu, avec le P. Mallebranche; car, quoique l'essence de la vérité soit l'objet aussi bien que la cause de nos perceptions, comme le disait le savant oratorien, ce n'est pas pour cela en Dieu immédiatement que nous voyons

qu'elles so, c'est dans notre ame ; car l'ame
ne mettrait rien voir hors d'elle - même ,
sans quoi, elle verrait là où elle n'est
pas. Je suis , etc.

LETTRE XXIV.ᵉ AU MÊME.

*Sur le besoin d'idées pour comparer
les sensations.*

Vous avancez Mr., avec confiance , p.
109, *que nous faisons comparaison do nos
sensations, sans que l'esprit y ait part ;*
mais peut-on comparer sans idées ; et
s'il y a des idées dans nos comparaisons,
pourquoi l'esprit n'y aurait-il point de
part ? Est-ce parce que la sensation,
selon vous, p. 223, est comme le principe et la matière des opérations de l'esprit ? Mais la sensation est purement pas-
sive, elle n'opère pas, c'est l'esprit qui
opère ; mais ce qui est le principe d'une
opération, ne peut en être la matière,
l'œuvre n'est pas l'ouvrier, le pot n'est
pas le potier.

Que fait donc la sensation à l'égard
des idées ? Elle les éveille, mais elle n'en
est pas plus le premier degré, comme il

vous

vous plaît de le supposer, qu'un bloc de marbre n'est le commencement du Jupiter que le sculpteur en fait. Je suis, etc.

LETTRE XXVe AU MÊME.

Sur la cause des Idées de l'Espace et du tems.

Vous ne concevez l'Espace, dites vous, M. Mongin, *qu'à l'aide des corps qui l'occupent*; et moi, au contraire, je ne le comprends jamais si bien que quand j'en ai ôté tous les corps. Il est vrai que M. Kant regarde l'espace comme l'essence des corps, parce que l'espace, dit-il, a les trois dimensions; mais ce docteur se trompe évidemment. Si l'espace était l'essence des corps, les corps auraient, comme lui, une étendue infinie, ce qui est absurde. Je conviens bien avec M. Kant, et avec vous, si vous voulez, que l'espace est nécessaire à la possibilité des corps, et même à leur mouvement; mais les corps ne sont pas nécessaires à la possibilité de l'espace : ainsi l'essence de l'un ne saurait se trouver dans celle de l'autre. Si l'espace paraît partagé par les corps qui y sont contenus, il n'est lui-même ni séparé, ni séparable de l'immensité divine. Il est éternel et immense comme elle, et c'est en lui, et avec lui, que Dieu sent, connait et exerce sa toute-puissance.

C'est encore une erreur de ne regarder le tems avec vous, *que comme l'ordre que nous remarquons dans nos opérations.* Quand je cesse d'observer la succession des instans qui composent ma vie, ou la variété des événemens qui l'ornent ou la fatiguent, le tems n'est pas enchaîné pour cela, il s'écoule avec la même rapidité. Quand je dors, je ne pense pas que j'existe, et je n'en existe pas moins dans le tems; la brute n'observe rien, et elle vit dans le tems.

En dernière analyse, le tems, pour Dieu et les esprits purs, n'est pas différent de l'éternité, parce que Dieu, sans mesure, et les esprits purs, selon les bornes de leur intelligence, se voyent eux mêmes et l'univers, avec le passé, le présent et le futur, par une seule et même conception continue. Si les ames encore attachées à des corps, mesurent le tems par la durée des corps, cette mesure ne sépare pas le tems de l'éternité, puisque l'éternité est incommensurable et indivisible ; mais elle fait observer la correspondance de notre existence avec différens points de l'éternité, qui, quoique distincts entre eux, n'en sont pas moins indivisibles et inséparables de l'éternité.

Pensez donc plus juste, M. Mongin ; et croyez que les divisions que nous faisons de l'espace et du tems, sont, non nos idées sur ces objets, mais les jugemens que nous portons de ces objets.

LETTRE XXVI.ᵉ AU MÊME.

Sur la prétendue Conscience que nous avons de tous nos sentimens.

J'ai encore à vous reprocher, M. Mongin, de dire p. 121, *qu'il n'existe en nous aucun sentiment que l'ame ne le sente.* Quoi ! vous ne sentez pas tout ce qui se passe dans votre corps, et vous ne voulez rien échapper de ce qui se passe dans votre ame ! Vous n'avez pas une conscience distincte de l'existence de tous les atomes qui composent votre corps , et vous prétendez connaitre distinctément et à la fois , tous les sentimens qui forment votre ame ! Vos preuves, s'il vous plait.

D'où vient en vous cette erreur , M. le professeur ? n'est- ce pas encore parce que vous prenez nos jugemens , qui sont les résultats de nos réflexions , pour des sentimens ? Vous le savez cependant , M. , nous ne serions jamais sûrs de rien , si nous n'avions d'autres garants de la vérité que nos jugemens , puisqu'il n'en est point d'infaillibles , et jamais nous ne pourrions distinguer sûrement le juste de l'injuste , le bon du mauvais , ni le vrai du faux , puisque nous n'aurions point de guides sûrs , innés et infaillibles...

Je suis , etc.

LETTRE XXVII.ᵉ AU MÊME.

Sur la différence de nos sentimens et de nos jugemens.

Vous me demandez , M. , la différence que je mets entre nos sentimens et nos jugemens , elle est facile à saisir : nos

sentimens sont toujours sûrs et invariables, puisqu'ils viennent de Dieu qui en
a formé nos ames; et nos jugemens sont
toujours incertains et changeans, parce
qu'ils viennent de nous, qui sommes libres et souvent entraînés pas nos passions; d'où il suit que nos sentimens dif-
fèrent autant de nos jugemens, que notre
être diffère de nos actions.

Pourquoi, M. Mongin, nos sentimens
sont-ils invariables et infaillibles ? C'est
qu'ils ont toujours des rapports sentis,
ou propres à être sentis, avec tous les
objets intelligibles, et parce qu'ils se
portent toujours sur le beau, sur le bon
et sur le juste, tant que nous sommes
sans préjugés et sans passions. Nous le
voyons en effet par expérience; car,
quand, par des méditations profondes,
nous avons découvert des vérités nou-
velles, loin alors de croire que ces vérités
n'étaient pas en nous, nous croyons presque ne les avoir jamais ignorées.

Si cela n'était pas ainsi, M.ʳ M., où
auraient pris leurs sentimens et leurs
idées ceux qui, les premiers, ont donné

des instructions , et répandu des opinions ? D'où viendrait cette rectitude originelle , qui nous fait approuver les leçons de la vertu , lors même que nous n'avons pas le courage de les suivre ? De l'éducation ? Mais sur quoi travailleraient les maîtres , s'ils ne trouvaient en nous ni idées , ni sentimens ?... Je suis , etc.

LETTRE XXVIIIe

A MM. Geoffroy et Mongin ensemble , sur le meilleur parti à prendre pour chacun d'eux.

Concluez de tout ce que j'ai dit, M. Geoffroy , qu'il est inutile d'employer davantage les calembourgs et les sarcasmes , dans les discussions polémiques ; que ce genre d'attaque peut bien faire rire les sots , mais non avancer les progrès des sciences , et qu'il faut éviter, dans la suite , de sortir de son sujet , pour dire des sottises aux gens ; sans quoi vous passerez pour un jaloux exclusif, qui oterait volontiers les fleurs aux arbres , les yeux à l'homme et les étoiles au ciel, pour être tout dans le monde.

Et vous, M. Mongin, concluez qu'il ne faut plus faire tant dépendre la vie de l'ame, des organes matériels, ni appliquer aux esprits des règles qui ne peuvent servir qu'à mesurer les corps ; et que, dans tous les genres de discussions, il faut toujours préférer les systèmes qui présentent des idées plus claires, plus distinctes, qui rendent mieux raison des phénomènes, et qui applanissent mieux toutes les difficultés ?

Je sais bien, MM., que votre opinion est fort commune aujourd'hui dans les écoles ; mais en est-elle plus vraie pour cela ? Un père de l'église n'a-t-il pas dit à l'époque de la plus grande vogue de l'arianisme : *Miratus est mundus se esse Arianum ; le monde a été surpris de se trouver Arien ?* Jugez, MM., de l'abîme que couvre le Condillacisme, par les erreurs funestes dans lesquelles il a jeté l'auteur du *Système de la nature.*

Peut-on tranquillement entendre dire à ce hardi philosophe, que *les différentes substances qui forment la nature, sont les causes les unes des autres ; que les molé-*

cules primitives et insensibles qui forment le monde, deviennent sensibles en formant des mixtes, ou des masses aggrégatives, par l'union des matières analogues et similaires, que leur essence rend propres à se rassembler, pour former un tout? La matière créée, brute et inerte, peut-elle donc donner une essence ou une forme à une autre matière semblable, elle qui n'a que passivement ce qu'elle a reçu? Cet écrivain téméraire devait démontrer, je pense, que ces molécules primitives sont éternelles, avant que de leur donner tant de vertus.

Peut-on tranquillement lui entendre dire que *l'ordre et le désordre n'existent point dans la nature, et que nous n'appellons ordre que ce qui est conforme à notre être, et désordre que ce qui lui est contraire?* A-t-il donc démontré, ce pitoyable raisonneur, qu'il n'y a jamais eu un autre ordre de choses que celui que nous voyons, ou que le créateur a voulu nous nous tromper, en nous organisant pour sentir et penser, comme nous sentons et pensons?

Peut-on tranquillement lui entendre

dire que notre intelligence ne consiste que dans le pouvoir d'agir conformément à un but, et que le grand tout n'a point d'intelligence, parce qu'il ne peut avoir de but, n'y ayant rien hors de lui où il puisse tendre ? Qui lui a appris que le monde est éternel et immense, pour oser lui refuser un créateur libre dans ses dons ? Qui lui a dit que la réunion de tous les buts particuliers qui servent à diriger toutes les parties du grand tout, n'est pas le but du créateur ? D'ailleurs, cet auteur pouvait-il appeler intelligence, en nous, ce qui ne serait qu'une obéissance aveugle à un but inconnu ?

Peut-on tranquillement lui entendre dire *que pour penser, vouloir et agir à notre manière, il faut avoir des organes et un but semblables aux nôtres ?* La vérité de nos idées et de nos sentimens, dépend-elle donc de la matière bien ou mal organisée ? Je sais bien que l'organisme de la matière peut influer sur nos actions ou nos jugemens, parce que nos actions et nos jugemens sont des modes accidentels qui viennent de nous ; mais il ne peut toucher ni à la vérité de nos idées, ni à la liberté de nos sentimens, parce que ces modes substantiels viennent de Dieu et constituent tous les êtres intelligens.

Peut-on tranquillement lui entendre dire *qu'il n'existe point d'esprit ; que l'homme, qui est matière, n'a d'idée que de la matière ; et que la pensée n'est qu'une modification de la matière ?* N'avons-nous donc pas la conscience de l'existence de ce principe invisible, aussi intelligent qu'intelligible, qui pense en nous, et forme dans tous, ce *moi* intérieur qui nous distingue des animaux qui se montrent existans sans savoir qu'ils existent ?

Peut-on tranquillement lui entendre dire *que le sentiment est une propriété des êtres organisés, de même que la gravité, le magnétisme et l'électricité ?* Le sentiment n'est-il donc, comme la gravité, qu'une loi faite pour les corps ? Je serais bien curieux de savoir ce que sentent, soit phisiquement, soit moralement, les végétaux et les minéraux qui ont aussi leur organisation ; si l'or et l'asperge, par exemple, ont bien du plaisir, l'un à passer dans nos mains, et l'autre dans nos estomacs. Je veux bien que certaines combinaisons matérielles puissent amener la gravité, le magnétisme et l'électricité, qui sont des propriétés tangibles, puisqu'on les voit ; mais ces mêmes combinaisons peuvent-elles amener également les sensations, les idées et les sentimens, qui sont des propriétés intangibles, puisqu'on ne les voit pas ? elles ne peuvent produire que des effets corporels et visibles.

Comment, MM. les idéologues de toutes les écoles, pourrez-vous résoudre toutes ces difficultés, dans tout autre système que celui des modes substantiels ? Fonderez-vous, avec Locke et Condillac, nos facultés intellectuelles et sentimentales sur celle de sentir ? c'est, il vrai, ce que vous pouvez dire de mieux, pour ne pas tomber dans le matérialisme le plus absurde ; mais les sensations, quoiqu'elles forment un principe spirituel sentant, ne peuvent rien par elles-mêmes sur nos idées et nos sentimens, puisqu'elles sont aveugles ; elles n'agissent que comme un organe intérieur spirituel, particulièrement attaché aux organes corporels ; et l'effet de cet organe spirituel qui lie les corps aux ames, ne sert précisément qu'à porter machinalement celles-ci vers les objets qui leur sont bons, et les détourner de même de ceux qui leur nuisent.

Direz-vous, avec quelques matérialistes, que nos idées viennent des objets extérieurs qui agissent sur nos organes? mais nos idées ne sont pas des êtres matériels que l'action des objets extérieurs puisse insérer dans notre cerveau. D'ailleurs, nos idées sont en trop grand nombre, pour ne pas rompre leur organe, si elles étaient matérielles.

Direz-vous enfin que nos idées viennent des organes eux-mêmes ? Je conviens que les organes agissent sur l'ame par la dépendance réciproque que Dieu a établie entr'elles et eux ; mais nos organes n'étant pas de la nature de l'ame, ne peuvent par eux-mêmes, qu'occasionner des développemens d'idées. Un cerveau faible ou affaibli par le chagrin, les maladies, par exemple, peut servir et ne sert que trop souvent à développer beaucoup de ces sensations et de ces idées fâcheuses, qui nous présentent tantôt l'image triste d'un mort chéri que l'on croit voir et qui ne dit rien ; tantôt celle d'une fortune riante, d'une royauté imaginaire, etc. ; mais tout cela ne fait que décéler l'immense magasin des sensations et des idées qui forment notre ame, et le désordre que la faiblesse naturelle ou accidentelle des organes peut occasionner dans leurs développemens.

J'ajoute que l'homme et les animaux rêvent souvent d'objets sensibles, sans en avoir les prototypes sous les yeux ; que nous avons souvent les idées d'objets qui ne sont que possibles, et dont, par conséquent, nos organes ne peuvent être frappés ; et que, si nous n'avions d'idées que celles que font naître les objets extérieurs ou nos organes, nous n'aurions pas celle de Dieu, puisque cette idée n'a rien de commun avec la nature des corps.

Je sais bien, MM., que le système des modes substantiels n'est pas du goût de ceux qui se piquent de philosophie ; mais n'est-il pas le plus beau et le meilleur de tous les systèmes, puisqu'il est non-seulement le plus honorable, mais le plus avantageux pour l'homme, et celui avec lequel on résout plus aisément toutes les difficultés dont les philosophes ne cessent de fatiguer tous les hommes fidèles à leurs lumières et à leur conscience. N'est-il pas celui que les philosophes eux-mêmes regardent comme le plus conséquent parmi ceux qui leur sont contraires, puisque l'auteur du *Système de la Nature*, après avoir dit, 1.ere Part p. 223, que *la raison est blessée de la supposition d'une ame qui sent et qui pense sans avoir des organes*, il ajoute peu de lignes après : *il est au moins très-évident que tous ceux qui rejettent les idées innées, ne peuvent, sans contredire leurs principes, admettre le dogme de l'immortalité.* On connaît la logique de ce philosophe; il s'égare beaucoup et souvent; mais c'est dans les principes, et non dans l'art d'en tirer des conséquences.

Au reste, MM. les idéologues, si vous pouvez opposer un seul argument dicté par la raison, à la chaine des raisonnemens qui fondent le système des modes substantiels, je vous prie de parler, vous me tirerez d'une erreur; ou si vous voulez me communiquer sur cette matière, des principes plus lumineux et plus clairs, en me faisant connaître la vérité, vous m'inspirerez la plus vive reconnaissance; mais si vous vous plaisez à me contredire sans raison; si vous blâmez tout sans rien réfuter; si vous détruisez tout sans rien remplacer, je vous regarderai comme des enfans qui parlent sans motifs; des entêtés qui n'opposent que leurs opinions, ou des vendales qui se bornent à la destruction. Je suis, etc.

LETTRE XXIX.ᵉ

Aux Idéologues de toutes les écoles, sur dix Questions métaphisiques.

M.ʳ Pascal proposa de son tems à tous les mathématiciens de l'Europe, des problèmes sur la roulette ou cycloïde, qui parurent insolubles au grand nombre. Le P. Lalouette, jésuite toulousain, promit de les résoudre et ne put y réussir. A l'imitation de ce célèbre écrivain du Port royal, je prends la liberté, MM. les Idéologues de tous les pays, de vous proposer la solution des dix questions métaphisi-ques suivantes, mais en vous menaçant du sort du P. Lalouette, si vous aban-donnez le système des modes substantiels.

Première question. Qu'est ce que le prin-cipe qui sent et qui pense en nous ?

2.° Que reste-t-il de ce principe, si on en ôte les sensations, les idées et les sen-timens ?

3.° L'ame est-elle un être successif, ou ses modes sont-ils tous absolus et perma-nens, ou accidentels et contingens ?

4.° L'ame est-elle l'image de tous les objets qu'elle sent, qu'elle conçoit, et dont elle juge ?

5.° Les modes de l'ame sont-ils aussi divisibles phisiquement que par la raison ?

6.° L'ame a-t-elle des facultés indéve-loppées ?

7.° Les modes de l'ame ressemblent-ils aux monades de Leibnitz ?

8.° Peut on admettre une matière active qui supplée aux fonctions de l'ame ?

9.° L'hypothèse d'une statue qui par-vient insensiblement à sentir et à penser, est-elle admissible ?

10.ᵉ Les bons et les méchans peuvent-ils, après cette vie, être récompensés ou punis, proportionnellement à leur mérite ou démérite, sans le concours des organes corporels qui alors sont dissous, et comment ? Je suis, etc.

F I N.

N. B. Si ma réponse a été tardive, c'est que j'ai attendu long-tems celle due à mes lettres particulières ; que mon imprimeur n'a pu mettre la main à l'œuvre que bien tard, à cause de ses nombreuses occupations ; que j'ai jugé à propos de joindre la réfutation de la philosophie de M.ᵉ Mongin à celle des réflexions de M.ᵉ Geoffroy, et que, d'ailleurs, j'ai été bien aise de faire marcher de front avec ma réponse, un petit Ouvrage que j'intitule : *Réflexions morales et critiques sur les sciences et quelques savans des huit derniers siècles.*

Ce petit ouvrage qu'on va aussi imprimer, présentera aux jeunes gens, des règles sûres pour faire un usage religieux et sage de leurs talens, et des modèles à suivre ou à éviter dans les exemples et les écrits de ceux qui les ont devancé dans la carrière littéraire.

E R R A T U M.

Page 33, ligne 21, *composent*, lisez *comparent*.